Et s'il allait le montrer à Petit Bob ?

Zut ! Petit Bob ne peut pas le regarder
tout de suite… Il fait la sieste avec Bouchon.

Floup a un nouveau parapluie.

Il en est très fier. Il a envie que ses amis le voient.

Ce n'est pas grave. Floup ira montrer
son nouveau parapluie à Clouc.

Pas de chance, le nid de Clouc est vide.

Floup ne s'en fait pas. Il va aller voir Nours.

Il tombe mal. Nours n'est pas chez lui.

**Floup regarde le ciel. Il y a plein de nuages gris.
De gros nuages très gris.**

Des gouttes commencent à tomber.

Floup est content. Il va pouvoir essayer
son parapluie.

Il voit alors Petit Bob qui s'étire et Bouchon
qui ouvre les yeux.

— Quel joli parapluie ! s'exclame Bouchon
en bâillant.

— Venez vous mettre à l'abri, leur propose Floup.

Clouc descend du ciel à pleine vitesse.

— Ton parapluie est magnifique, vu d'en haut !

— Viens voir dessous, c'est encore mieux,
dit Floup.

Nours arrive en courant.

— C'est le plus beau parapluie que j'ai jamais vu !
s'écrie-t-il.

— Viens l'essayer ! lance Floup.

— Mais il n'y a plus de place pour moi,
réplique Nours.

Bien sûr que oui ! Sous le parapluie de Floup,
il y a toujours de la place pour ses amis !

Catalogage avant publication de Bibliothèque et Archives nationales
du Québec et Bibliothèque et Archives Canada

Tremblay, Carole, 1959-

Le nouveau parapluie de Floup

Pour enfants de 18 mois et plus.

ISBN 978-2-89608-055-7

I. Beshwaty, Steve. II. Titre.

PS8589.R394P372 2008   jC843'.54   C2007-942217-9
PS9589.R394P372 2008

Le nouveau parapluie de Floup © Carole Tremblay / Steve Beshwaty
© Les éditions Imagine inc. 2008
Tous droits réservés

Dans la même collection : Floup fait la lessive, Floup dans le noir
et Le bouquet de Floup

Graphisme : Pierre David

Dépôt légal : 2008
Bibliothèque nationale du Québec
Bibliothèque nationale du Canada

Les éditions Imagine
4446, boul. Saint-Laurent, 7e étage
Montréal (Québec) H2W 1Z5
Courriel : info@editionsimagine.com
Site Internet : www.editionsimagine.com

Imprimé au Québec
10 9 8 7 6 5 4 3 2 1

Gouvernement du Québec – Programme de crédit d'impôt
pour l'édition de livres – Gestion SODEC – Programme d'aide
aux entreprises du livre et de l'édition spécialisée.

Nous reconnaissons l'aide financière du gouvernement du Canada
par l'entremise du programme d'aide au développement de l'industrie
de l'édition (PADIÉ) pour nos activités d'édition.

Nous remercions le Conseil des Arts du Canada de l'aide accordée
à notre programme de publication.